KB071021

청어詩人選 439

눈부신 것은
눈으로 보는 것이
아니어서

박대성 시집

청어

눈부신 것은
눈으로 보는 것이 아니어서

박대성 시집

시인의 말

시가 나를 찾아오는 일은 행복한 일입니다.
내가 시를 찾아가는 일도 행복한 일입니다.
내가 할 수 있는 일이기에 행복합니다.
내가 할 수 없는 일들에 이번 시집을 보냅니다.
시집이 물고 올 회신을 기다립니다.

차례

1부 서을 가는 길

2부 사랑하기 때문에

3부 체온에 대하여

4부 실패한 반찬들

해설

서을 가는 길

손톱 하나로

반짝이는 손톱 하나로
절정의 남자를 찌르며
세상 주무른
양귀비 클레오파트라도 있지만

땡볕에 앉은 어머니는
갈퀴 손톱으로
흙의 절정을 긁어주며
둥근 감자알을 토해내게 하셨다.

삽

거기 얼마나
얼마나 거기 뜨거우면
지체없이 몸을 빼는

거기 얼마나 따가우면
몸을 넣는 순간 돌아 나오는
한 자루 삽

삽시간 거길 빠져나오면서도
단 한 번
빈손으로 나오지 않는
한 자루
아버지

서을 가는 길

서을이 서울 지나 서훌 옆에 있다 한다.
서울 지나 서훌 돌아 서훌 옆에
서훌 서훌 지나 서울 옆에 있다 한다.
그래 거기 서알 앞에 있다 한다.
서울도 멀긴 멀지만 서을은 더 감감
보일 듯 보이지 않는 서을
서을에 갈 수만 있다면
거기 서을庶乙들이
서을들이 행복하다는 거기
나 지금 서을 찾아가는 길

등

세상 벽들이 기대어 와 풀어 놓는 이야기에
단 한 번 등 돌리지 않고
들어주는
두 팔 닿지 않는 곳에 내려앉는 이야기들
벽을 불러 긁는

참깨가 남는 이유

냉면 대접에도 잔치국수에도
참깨가 남았다.
참깨는 왜 남는지

마주 앉은
시장통 점심이
깨 맛이어서

둘러앉은
장바닥 점심이
하하 호호
깨 맛이어서

점심이 끝나도록
잔치가 끝나도록
참깨가 남아 주는 것이다.

톱

말끔히 청소를 마친 지구는
오존층을 되찾았다.

그로부터 한 세기쯤 지나
간신히 살아남은 인류 중 몇몇이
녹슨 톱을 발견하고 격론에 빠졌다.

이 기이한 뼈는
앞서 지구에 살던 인간이라는 족속들의
턱뼈다.
아니다 척추다.
아니다 머리뼈의 가능성이 더 높다.

왠지는 모르지만
연기처럼 사라진 족속들의 머리뼈라는
가설이 더 그럴듯하다는 중론이 모아졌다.

껍질들의 의뢰

가을은 껍질들의 의뢰로 가득하다.
한 줌 통증 없이 속을 꺼내달라는
껍질들의 청원

어쩌면 칼에게 저런 부탁을 할까
봄여름 내 익은 것들을 사랑스레
꺼내놓아 달라는 가을의 청원

칼은 둥글게 올라앉은 가을을 도려
속을 꺼낸다.
눈부시게 정제된 봄여름

껍질 너머 가득
칼을 두려워하지 않는 저
봄 뜰 들꽃들
접시 위 알몸이 한 점 부끄럽지 않은
천둥 번개 소나기
두려움 없는 저 봄여름들

속을 모두 꺼내놓은 가을
가뿐하게
저쪽 춥고 텅 빈 계절로 달려갈 것이다.

사랑하는 겹받침들

이른 새벽 바다로 나가는 아버지
그 아버지 바다로 내보내는 어머니
두 사람은 어떻게 하루를 기다릴까
바다에서 어머니까지 어머니에서 파도까지 서로의
말들을
그분께서 창제하셨다는 건 놀라운 일이다.
삶의 ㄻ 밝의 ㄺ 옳의 ㅀ처럼
홀로는 불감당의 무게 아래 세운 두 사람
넋 앉 잖 늙 젊 밟 곬 훑 읊 앓 값
ㄳ ㄵ ㄶ ㄺ ㄻ ㄼ ㄽ ㄾ ㄿ ㅀ ㅄ
홀로 너무 뜨거울까
홀로 너무 차가울까 두 손 맞잡고 버티게
그분께서는 어떻게 아셨을까
세상 무너지지 않도록 거기 그 아래
꼭 껴안은 두 사람 세워야 한다는 것을

네 사람은 필요하다

네 명쯤은 있어야 한다.
세 사람이 할 수도 있지만
한 사람은 광光을 팔아야 한다.
네 명이 있어야
한 사람이 죽을 수 있다.
죽으면서 그가 광光을 팔 수 있다.

타인이라는 말

타인이란 고통을 느껴야 할 사람이라는 뜻이다.
나 결코 느껴서는 안 될 고통을
나 대신
순교자처럼 활활 유황불에 타버려야 할 사람이라는
뜻이다.

당신을 나와

나 당신을 나와
그토록 당신이 원하던 폐인廢人이 되어
그럭저럭 다른 이들의 혀로 지내다
지금은 폐인廢人으로 지냅니다.

주소

주소
뭘 달라는 말인데
달랑 몸뚱어리 하나뿐인데
몇 번 이사를 가보지만 끝내 따라와
주소
뭘 또 달라는 말인데
달랑 몸뚱어리 하나뿐인데

심심하지 말라고
씻고 벗고 울고 웃는 나를
일일 연속극 보듯 지켜보는 당신

한눈팔지 않고
졸졸 따라다니며
주소
뭘 자꾸 달라는 당신

가죽

벗기셨나요
이제 다 벗기셨나요
그럼
사랑을 시작하시는 거죠

이불

이거 그물 아닌가
이불 개다 보면

한쪽을 잡고 길게 늘어뜨려
구김 겹침 없이 펼쳤다 접는
던졌다 건지는
이거 그물 아닌가

깊은 잠에 던졌다 건져 올리는
어둠 바다에 던졌다 건져 올리는
이거 그물 아닌가

밤새 그물에 걸렸다 빠져나오는
아침마다 거기서 빠져나오는 건

어둠인가
잠인가
누구인가

역역驛役

철길 옆에 서 있으라는 역을 맡은 적이 있었다.
'기찻길'이라는 영화의 감독은 그저 서 있으면 된다
하였다.
오가는 기차에 오가는 사람들에 말을 걸 필요도 없이
그저 서 있으면 된다 하였다.
기차와 지나는 행인을 아는체하지 말라
철길 옆에 서 있기만 하면 된다 하였다.
기차 안을 들여다볼 수 없어 주인공이 누군지
어디로 가는지
나 같은 역이 또 있는지 궁금했으나
그저 시키는 대로 서 있었다.

두어 계절이 지나고 해고당했다.
자꾸 기차 안을 들여다보려 한다고
행인에게 말을 걸려 한다고
철길 따라 조금 걸었다고
해고당했다.

잎

입보다 잎으로
입이 아닌 잎이 된 까닭은
얼굴에 매달리기보다
나무에 매달리는 것이 조금 더
조금은 더
인류 공영에 이바지하는 일이라는
생각에서랍니다.

새장 속의 새

새장 속에서 태어난 새는
나는 것을
날개 치며 날아오르는 것을 질병이라 믿는다고
어느 학자는 말했다.
아니다.
그 학자에게
새장 속의 새가 말한다.
나에 대해 말하는 거 그게
당신의 질병이라고

감출 수 없는 세 가지

감출 수 없는 세 가지
재채기 방귀 선물
아니다
기침 가난 비밀이다.
아니다
기침 가난 사랑이다.
아니다
사랑 사랑 사랑이다.

극장

앞만 바라보아도 뒤도 옆도 곁도 속도
지난날도 앞날도 다 볼 수 있는 여기서
나란히 앉은 당신만은 알 수 없습니다.

창문세를 내던 때가 있었다

창문을 냈다고
창문을 열었다고 세금을 내던 때가 있었다.
벽에 창을 뚫어 밖을 내다보고
창을 내어 햇빛과 공기가 들어오게 하는 일에
세금을 내야 하던 때가 있었다.
밖은 밖에서만 보아야 하고
안에서 밖을 내다보는 일은 죄가 되는 때가 있었다.
그때 그 사람들은 왜 그토록 밖을 내다보고 싶었을까
그때 밖에는 도대체 무엇이 있었을까
그때 안은
도대체 무엇이었을까

낙원의 무릎

무릎을 베고 누웠는데 잠이 오지 않음은
무릎을 베고 누웠는데 잠들지 못함은
낙원의 어머니를 베고도 잠 이루지 못함은

이제 그 소리가 들려서입니다.
무릎 꿇어 올리던 그 기도가
무릎 꿇어 바치던 그 기도가
이제 그 소리가 보이기 때문입니다.

말라 버린 한숨이
닳아 버린 눈물이
무릎에서 서걱대기 때문입니다.

녹아내린 애간장이
닳고 닳은 비손이
무릎으로 서걱대기 때문입니다.
텅 빈 낙원의 바람 소리 때문입니다.

2부

사랑하기 때문에

돌리는 일

티스푼으로 잔을 돌리는 일
열매 하나를 물에 녹이는 일
명절 떡을 돌리는 일
온 동네를 훈훈하게 녹이는 일
새벽 신문을 돌리는 일
온 마을을 알음알음 녹이는 일

너의 말을 돌리는 일
너의 마음을 녹이는 일
술잔을 돌리는 일
가슴을 돌리는 일

발을 돌리는 일
너의 자유를 돌리는 일

돌리고 돌리는 일
돌고 도는 일

눈부신 것은 눈으로 보는 것이 아니어서

늙으신 아버지가 늙으신 어머니 등을 긁어준다.
늙으신 어머니가 늙으신 아버지의 낯을 씻겨준다.
등과 낯에 피어오른 저승 좌표들
다시 없을 마지막 밤
서로에게 수의를 입히는
묵묵한 염습
서로 몸을 닦아주며
가슴 떨며 내밀던 첫손을
아, 첫 입술을 닦아 넣으며
순장
서로의 분신이었음에
두 손 꼭 잡고 걸어 나가는 소풍
제상도 위패도 없이
사랑하였기에 어디든 둘이면 되는
저만치 가 있을
나란히 걸어가는 두 사람의
부음

망치의 시간들

매달린 것들
시계 전등같이
수건 액자같이 매달린 것들을 보면
못 하나에 의지한 것들을 보면
나 당신께 매달려
당신께 매달린 걸 보면
기어이 당신을 못대궁 하나로 벽에 박아
기어코 거기 매달린 나를 보면
오도 가도 못하는 못대궁으로 박아 넣은
망치의 시간들이
망치의 시간들을

어둠이 나를 반으로 접으려 하네

나 너무 커
내 몸피가 너무 커
내 생각이 너무 커
어둠이 나를 반으로 접으려 하네
반쯤 접어도
내 꿈 내 사랑 내 노래를
반쯤 접어도 될 것 같은지
해거름에 내려와 나를 반으로 접는 어둠
어둠이 나를 반으로 접으려 하네
내 가난을 내 풍파를 반쯤 접어도 좋은지
불을 끄고 웅크리라 하네
나를 반으로 접으려 하네
나 너무 커
밤이면 어둠이 나를 반으로 접으려 하네

집과 빚

'집'과 '빚'에서 'ㅂ'과 'ㅈ'을 맞바꾸면 똑같은 말인데
우리 사는 집은 결국 빚이라는 말인데
빚은 꼭 갚아야 하기에
집은 매일 들락거려야 하기에
갚아야 할 빚같이 들락거려야 하기에
집에서 지내는 일 빚 같은 일
태어났음으로 집
태어났음으로 빚
빚과 집

십자가

허공에 힘들게 서 있는 십자가를 내려
땅 위에 놓는다.
땅이 놀란다.
땅이 놀라 네 갈래로 나뉜다.
사거리
교차로에서 차들이 두리번거린다.
십자가가 일어서더니 초록 빨강 경전을 펼친다.
차들이 경전을 읽는다.
길이 열린다.
차들이 달린다.

사랑하기 때문에

우리 집은
남자와 어머니가
여자와 아버지가 산다.
둘이 끝내 부부로 살지 않는 것은
둘이 사랑하기 때문이다.
둘이 여보 당신 더는 하지 않는 것은
둘이 사랑하기 때문이다.
사랑하기 때문에 한 이불 덮지 않는 것이다.
사랑하기 때문에
어머니는 그리운 남자와
아버지는 맘속 깊은 여자와
그렇게 여생을 사는 것이다.

내게 한가로운 당신

당신, 내게 참 한가로운 당신
내게 한가로운 당신
우리 뜨겁던 사랑은 앨범으로 보내고
몇몇 기념일을 지나치는 당신

같이 사는 사람 둘을 대역으로 세워
대역 둘이 지내는 모습을 보는 재미란
대역 둘은 왜
불타는 사랑을 하지 않는지
그리움도 설렘도 없는지

어디서 데려온 대역일까
저 대역들에게 앨범을 펼쳐 보여야 할까
걸어온 길 다시 되짚어 걸어보랄까
이 대역 둘을 어떡하면 좋을까

당신, 내게 참 한가로운 당신
내게 한가로운 당신

어머니 자리 물자리

가뭄을 이기고 익은 뼈다귀 물뼈다귀 같은
오이 하나를 깎았는데 골목 가득 오이 향이다.

무를 썰다 박힌 흰 못을 보고는
물도 때로는 무궁을 짓는 걸 본다.

어머니는 평생 물로만 낯을 씻었다.
흐르는 물도 때로 어디 앉아
쉬어갈까 싶어 찾았을 자리

그 둘이
서로를 보듬고 주물러 주었을 것이다.

무나 오이같이 밋밋한 향이 도는
어머니는 물자리다.

그림자는 언제부터

그림자는 언제부터 나를 따라다녔을까
아장아장 첫걸음을 떼던 그때
어머니가 내 몸에 밀어 넣어 주셨을
걷기 시작하니까 더는
따라다닐 수 없음을 직감한 어머니가 밀어 넣은
은장도 혹은 부적 같은
넘어지지도 부서지지도 말라고 넣어 주셨을
아장아장 직립보행의 첫 사람의 기미가 보일 때
내게 스미어드신 어머니

어머니는 언제나 아름답다

아버지는 술을 참 좋아하셨다.

소주 막걸리는 물론 고량주 배갈 보드카나 코냑 같은
독주도 좋아하셨는데

손주들이 태어나며 집안은 웃음 꽃밭이지만 아버지의
건강은 걱정이었다.

그런데 언제부터인가 아버지의 술 취한 모습이 바뀌기
시작했다.

이상한 일이었다. 거나해진 아버지가 옛노래를 부르거나
때로는 허무하다며 끅끅 울음 울기도 하시던 아버지의
취색醉色이 사라지고 술 몇 잔을 거푸 드셔도 그 모습에서
취색取色이 피어오르며 어머니와 담소도 나누고 공원
산책도 함께하는 모습은 가족들을 놀라게 했다.

어머니는 아버지 술잔에 티스푼 하나씩 물을 탔다.
처음엔 술맛에 고개를 갸우뚱하셨지만 어머니는 아버지가
눈치채지 못하도록 보름 한 달 간격으로 물의 양을
보태나가셨다. 어떤 날은 술맛이 이상하다며 새 술병을
따곤 하셨지만 어머니는 어김없이 물을 탔다. 일 년이
지나자 술잔의 절반을 물이 차지해 아버지가 여러 번
고개를 갸우뚱했지만 어머니는 아버지에게 애창곡도
앵콜도 청하며 아버지의 음주를 독려했다.

이제 이 년쯤 지나는가 보다. 참으로 이상하게도 어머니가 아버지와 대작을 하신다. 놀라운 일이 아닐 수 없다. 노래도 함께 부르신다.

두 분을 산책 보내고 슬쩍 아버지 술잔에 따라놓은 술맛을 보았다. 맹물이었다.

기어이 어머니는 물을 드셔도 노래가 나오고 취흥이 오르는 참으로 좋은 술을 제조하기에 성공하신 것이다.

가족들이 모여 술 이름 짓는 재미도 쏠쏠하다. 부부주 사랑주 어머니의 이름이 순애니까 순애주 아무렴 어떠랴

어머니는 언제나 아름다운 사람이다.

형

친구들 학교 가는 모습이 부러워
어떻게 하면 아바이 어마이 속을 태울 수 있나
궁리궁리하다가 바다에 나가 콱 죽어버리면
고등학교 보내 줄라나 하여
형을 졸라 처음 바다 나가던 날
울릉도 지나 독도 지나 대화퇴에 나갔습니다.
멀미에 속이 뒤집혀 창자가 모두 입으로 쏟아져 나와
숨만 쉬며 누웠는데
형이 꼬질한 고물로 끌고 가더니
길게 썬 오징어에 된장 풀고 빙초산 한 숟가락 부은
오징어 물회를 먹으라 했습니다.
물회를 퍼넣는 동안
이쪽으로 죽 가면 미국이고 저쪽은 소련 저 아래는
일본이다.
니 빈손으로 빙신같이 항구로 돌아가면 니는 이 바다가
다시는 니를 받아 주지 않을 거다.
바다가 만만한 줄 아나 고등학교만큼 힘들다고
했습니다.
돌아오는 내내 일 년 꿇어도 고등학교로 갈지 바다로
다시 나올지 생각들이 멀미같이 일었습니다.

영금정 등대가 보이자 형이 배에서 말린 오징어 한 축을
손에 들려주었습니다.

그 오징어 한 축으로 나는 서울 가는 버스를 탔습니다.

아침 골목에서 듣는 시

아침 골목에서 시 소리들이 들렸다.
새소리 물소리 들꽃 소리 같았다.

쌀 씻는 소리 변소 가는 소리
머리 감는 소리 평펑 함박눈 같은 물소리들

헌 냉장고에서 나오는 반찬들의 헛둘셋 목쉰 구령소리
신김치 소리 콩나물국 소리

옷 입는 소리
지퍼 단추들의 응원 소리

사람이 나가는 소리
사람이 남는 소리

아침 골목은
그런 시 낭송들로 가득했다.

부조

돈을 조금 찾는다.

친구가 서성이던 밖
그 밖에서
나는
뒤적뒤적
돈을 조금 찾는다.

친구는 이제 그만
안으로 들어간다는
안으로 돌아간다는
기별
그 기별에 돈을 조금 보낸다.

달리 어떻게 해볼 수 없는 기별들이
뒤적뒤적
많아지고 있다.

그들은 사랑에 대해 말하려 했을 것이다

그들은 꼭 말 하고 싶었을 것이다.
사랑에 대하여
사랑에 대하여 말하고 싶어 교수가 되었고 의사가
변호사가 되었다.
그들의 명민과 열정 수려한 팔두신은 사랑을
알아내기에 충분했다.
그러나 사랑이 무엇인지 알게 된 후 무슨 까닭인지
모르지만
알게 된 사랑에 대해 일체 언급이 없는 것이다.
모르겠다 그토록 알고 싶어 부자가 되고 목사가 스님이
된 그들이 왜
사랑에 대해 말하지 않는지
그들이 사랑을 말하려던 붉은 입술과 별빛 눈동자를
기억한다.
모범택시 우등열차를 타고 청춘의 미로를 빠져나가
건너편
광장에 닿은 그들
그들이 그 열차 안에서 누굴 만났는지 무슨 이야기를
들었는지
그들은 왜 사랑에 대해 말하지 않는지 내내 궁금한
것이다.

두 장이 넘어갈 때 1

두 장이 넘어갔다.
돈 세는 기계를 믿을 수 없다는 사장은
침을 퉤퉤 뱉어 가며 밀린 임금을 세었다.
열아홉 스물… 그런데
아, 두 장이 넘어갔다.
열아홉 장째 지폐가 슬쩍 뒷장을 껴안고 넘어가는 것을
보았다.
횡재다.

열아홉을 넘어서면 넘어서기만 한다면 스물, 서른, 백,
이 백은
문제도 아닐 것 같아 침이 꼴딱 넘어갔다.
열아홉과 스물하나는 천지 차이다.
살다 보면
마른침이 꼴딱 넘어가는
그런 날도 있다.

두 장이 넘어갈 때 2

모퉁이 노파가 잔돈을 센다.
돈 세는 일은
천 원짜리 아홉을 거스르는 일은 간단치 않아
단골은 악어 장지갑에 천 원짜리가 넘치는데도
만 원짜리를 내민다.
자꾸 하나 둘 세어야 치매 안 걸려요.

월동추 한 단에 천 원인데 단골은
늘 만 원짜리를 내밀어
마른 금장옥액 찍어가며 일곱 여덟 아홉 세는데
벌써 저기 앞에서 네 번째 천 원짜리가 슬쩍
세 번째에 딱 달라붙어 넘어가는 걸 단골 악어는
보았다.

성공적으로 아홉을 센 노파가 웃는다.
시장 한 귀퉁이를 섬벅 베어 문
악어가 활짝 웃는다.

잠의 급소

잠이 잘 오지 않는 밤
단번에 잠 잡아야 한다.
잠들어야 한다.
양 한 마리 양 두 마리 양 백 마리 천 마리의
급소를 찌르며 잠들어야 한다.
일찍부터 찌르고 다닌 양들의 급소
양들의 두 팔과 두 다리의 급소
양들의 두 눈과 두 귀의 급소를 찌르며
잠들어야 한다. 단박에
더 일찍부터 찌르고 다녀야 한다.
부릅뜬 세상의 급소들
찔러 주지 않아 부패하는 급소들
해뜨기 전부터 찌르고 다녀야 한다.
세상 궁금한 급소는 다 찌르고 다녀야 한다.
찔린 급소들이 들어 올리는 두 팔을 베고
잠들어야 한다. 단박에

내가 나를 따라올까

그제는 순순히 따라오기도 했지만
어제는 만취에 고성방가까지 그렇게 따라오지 않으려던
나
내가 잠든 뒤에 내가 들어왔음을 안다.
제발 나를 좀 따라오렴
난 늘 애원하지만
나는 늘 나를 한참 바라보거나 어물쩍거린다.
왜 내가 나를 따라오지 않을까
그래 안다.
내가 생각해도 한심하기 짝이 없는 나를 내가
따라올 리 만무하다는걸
내 게으름 오만방자를 방관하던 내가
나를 따라올 리는
어림 반 닷곱 없을 일이라고

차가운 증거

어떡하면 사랑 넘치는 세상이 될까를 연구하는 박사들이
세상 이 지경이 된 까닭을 발표했는데
사람이 짐승의 젖을 너무 많이 먹어 그렇다는
지금까지 지배적이던 까닭보다 더 믿을 만한 증거를
찾아냈다는데
이를 수긍하는 사람들이 점점 더 많아지고 있다.

세상 피폐의 가장 큰 원흉은 냉장고라는 것이다.
먹을거리들은 모두 천상의 온도를 가지고 있고
몸은 신비하게도 갖갖 음식이 지닌
미지근 따끈 뜨끈 시원하고 차고 알맞은 온도로 힘을
낸다는데

우린 냉장고에서 차가움만 꺼내 먹으며
약국에도 가고 병원에도 가는데

북극곰도 남극 펭귄도
살점이 아니라 먹이의 체온을 얻기 위해 사냥을 한다는데
삼시 세끼 냉장고에서 차가움 꺼내 온 식구 둘러앉는
종족은 사람밖에 없다는 것이다.

그녀의 촌 커피

노랑이 노랭이라 부르는 커피가 있다.
믹스커피 중의 하나인데
우리 촌에서는 노랑이 커피를 즐겨 마신다
사실 커피를 마시는 게 아니라
설탕물이 더 달달 감치도록 커피를 섞어 먹는 걸 거다.
그녀가 타 주는 커피가 당긴다
단맛과 커피가 잘 섞여 사람 기분 좋게 만든다.
기분 좋아지는 커피가 최고 커피가 아닐까
촌에서 어떻게 이런 맛이 날까
며칠 관찰하다 기어이 그녀의 마술을 찾아냈다.
커피에 뭔가를 슬쩍 흘리는 그녀
소금 한 톨이었다
그 소금을 따라 톨톨 단맛이 커피 따라 올라왔다.
촌에는 촌 커피 노랑이가 있다
촌에는 몸빼 바람의 촌 바리스타가 있다.

도둑들

도둑들은 믿는다.
세상 모든 곳은 지킴이 있다고
도둑들은 믿는다.
세상 모든 것은 지킴이 있다고
하여
어둠을 틈타거나
빈틈을 헤집거나
몰래
가면 쓰고 속이고 훔치지만
사실 세상은 무방비다.
둘러보아라
아무 곳도 아무 것도 지키지 않는다.
하늘 아래 그 무엇도 지키지 않는다.
밤하늘 몇몇 도둑들만이
자기가 훔쳐 온 것에 전전긍긍할 뿐이다.

3부

체온에 대하여

휴전선 풍경

면에 노인 일자리 신청하러 가서 알았지
내 나이 80인데 호적엔 90이지
내 이름은 권순자인데 호적엔 우분녀지
90 먹은 우분녀라는 사람은 이북 여자지
우리 영감의 첫 마누라지
새색시 권순자가 그 이북 여자로 살아왔지

영감이 면사무소에 혼인신고 할 때
내 나이, 내 이름을 몰라서 그랬으려니
하고 살지
왜 그랬냐고 물을 수도 없지

물어볼 수 없어 다행이지
영감의 첫 마누라로 살아 온 것이 또 다행이지
나이가 많으니까 사람들이 함부로 대하지 않아서 좋지
참 좋지
참 고마운 영감이지

무굴을 지나며

칠 번 국도엔
산과 바다가 만나는 성소있다.
산이 바다를 산으로 바다가 산을 바다로 데려가는
그 만남의 무굴
둘이 만나는 날은 신비한 굴이 허공에 만들어지는데
바다가 안개를 풀고
산은 구름을 풀어 무굴霧窟을 짓는다.
자욱한 굴은 산이 바다로 바다가 산으로 맘껏
돌아올 때까지 무너지지 않는다.
바다와 산이 소풍에 빠진 동안
칠 번 국도 잠깐 지워지는데
지워지는 길처럼 한번 사라져 보고 싶지 않으신지

무북無北의 도시

북쪽이 없는 여기는 무북無北의 도시
북쪽은 북北쪽에 있다지만
갈 수도 볼 수도 없는 거기
여기는 북北이 사라진
무북無北의 도시

거기도 사람이 살고
여기 사람들도 한때 거기서 살았다는
소문만 들릴 뿐

여기 동서남은 있지만
여기 서남동은 있지만 북이 없는

북에서 불어오는 바람
북에서 밀려오는 파도
호수에 출렁이건만

여기 남동서는 있지만
여기 서동남은 있지만 북이 없는

갈매기 북으로 날고
민들레 남으로 날지만
여기 무북無北의 도시

여기 동남서 있지만
여기 남서동 있지만 북이 없는
여기 무북無北의 도시

수복탑

부탄이라는 나라에서는
첫눈 오는 날이 국경일이란다.
첫눈 오는 날 만나자 약속을 했었다.
첫눈 오는 날 국경일처럼 만나자고 약속했었다.

중학교를 졸업하고 딱 삼십 년 후 첫눈 오는 날
수복탑에서 만나자고 약속했었다.
그날 아무도 거기에 나타나지 않았다.
다시 십 년이 흘러 첫눈 오는 날
친구 하나 만났다.
십 년 전에는 왜 안 나왔냐 물었다.
나와서 내가 서성거리는 걸 보았다고 했다.
왜 알은체하지 않았냐 물었다.
친구가 물었다.
너는 왜 날 알은체하지 않았냐고.

사는 일은 더러
갈 수 없는 곳을 바라만 보는 일이기도 하여
저기 저 탑
그저 그곳을 바라만 보는 저 탑처럼

파업

동부전선 외딴 고지
저녁별들이 막 터져 오르는 크리스마스이브 해거름
적을 마주 보고 있는 GP 중에서 가장 가까운 거기서
손에 촛불을 켜 든 북쪽 병사들은 남쪽으로
남쪽 병사들은 북쪽으로 움직이다 중간지점에서
만난다.
서로 만나 초코파이와 강냉이를 바꾸어 먹으며
부둥켜안고 춤춘다.
기겁한 중대장이 사병들을 불러 총을 겨누며 돌아올
것을 명령하였으나
소주와 들쭉술의 파티는 계속되었다.
잠시 휴전선에 진정한 휴전이 이루어지고 있었다.

벽

미장공이 위태로운 비계 위에서 벽을 바른다.
허공에 쓱쓱 칼을 문질러 벽을 세운다.
그 미장공의 발아래
모래와 시멘트와 물을 섞어 올려보내는
보조가 있다.

빗물도 바람도 매달리지 못하도록
반드러워지는 벽을 바라보는 보조는
미장공의 솜씨에 연신 감탄한다.

미장공은 허공에 착착 달라붙는 모르타르에 감탄한다.
의지가지없는 허공에서 모래와 시멘트와 물들이
우르르 떨어지지 않는 그 황금비를
올려보내는 보조에 감탄한다.

둘의 감탄이 벽을 세운다.
벽들은 그렇게 세워지기에 쉬 무너지지 않는다.

세상의 벽에는
황금비의 감탄이
들어앉아 있다.

원숭이와 비둘기 중 누가 먼저 사람이 될까

진화의 법칙에 따르면 사람 가까이 아주 오랫동안
살고 있는
원숭이와 비둘기는 사람으로 진화해야 한다.
둘 중 누가 먼저 사람이 될까

특이한 경우도 있다.
원숭이와 비둘기보다 먼저 진화한 개와 고양이들
놀랍게도 사람을 넘어 신神의 반열에 오른 개와
고양이도 있다.
애완의 시대를 거쳐 반려의 지위를 넘어
온갖 신뢰와 사랑을 독차지하고 있는
사람보다 나은
정말 사람보다 나은 개와 고양이가 있다.

그리고 우리
우리 그토록 갈망해 먹고 또 먹어오던
소 돼지 닭으로 진화하려는 꿈의 실현이
멀지 않았잖은가

완전범죄

그의 말을 한참 듣다 보면
나의 말이 그의 입에서 나오는 걸 본다.
거침없는 말이 나오더니 폭죽같이 침이 튀고
신나는지 신이 들렸는지
내 혀가 나오고 이어 내 속이 쏟아져 나온다.
조금 더 듣다 보니 내가 통째 거기서 나온다.
내 눈앞에서 나를 생매장하는 완전범죄를 묵인하고
있다.

기독교棄獨橋 아래서

외로움을 버리는 다리가 있다.
외로운 사람들이 올라 외로움을 내다 버리는 다리
기독교棄獨橋

그 기독을 줍는 사람들이 있다.
다리 아래 사람들은 그것을 주워
김치나 젓갈 술을 담글 때 한 줌씩 넣는다.
그리고는
다리를 내려오는 사람을 집으로 데려가 밥상에 앉힌다.
갓은 김치와 젓갈에 반주까지 거나하게

휑뎅그렁 외로움 있던 자리가
알 수 없는 무엇으로 가득해진 사람을 떠나보내는
다리 아래 사람들은 안다.
밥상을 마주한 사람은 다시는 다리에 오르지
않는다는 것을

그 기독이 약이 된다는 걸 다리 아래 사람들은
어떻게 알았을까

저 단 무지를

슬쩍 보기에도 많이 닳았다.
두 마디의 사다리
저 사다리 부서져라 식구들 오르내렸다.
슬쩍 만지기만 해도 부서질 것 같은
뭉툭해진 아버지가
지키고 있던 늙은 문서를 내놓으신다.
처음 집을 살 때 그 황홀경에서 미끌 휘청
흔들린 흔적이 여직 붉다.
아버지의 닳고 단
저 단 무지拇指를

특特이라는 글자

특特은 소와 절로 이루어진 글자다.
우牛와 사寺
절 마당에 소를 끌어 매었다고 특이 아니다.
절에서 소를 잡았기 때문에 특이다.
공부에 미친 중들이 소를 잡아먹었기에 특이다.
나도 나의 소를 잡아먹어야 특이다.
내 안에 기름진 소들을
기름져 미친 소들을 잡아먹어야 특特이다.

민民이라는 글자

참 무서운
민民이라는 글자

눈眼을 치켜뜨고 쳐다본다고
자꾸 도망가려 한다고
꼬챙이로 눈目을 찔러 앞을 보지 못하게 했다는

눈眼은 눈目을 잃고 무릎 꿇은 사람民이라는데
그 눈 송곳으로 찔러 앞을 보지 못하게 했다는
민民이라는 글자

나는 국민인가
나는 서민인가
우리 누구인가

습진褶進

가렵다.
다시 무엇이 앞서려는지 가렵다.
긁는다.

삶은
자꾸 앞서 나가려는 것들로 감염된
질병인지도 모른다.

저만치서 쥐 죽은 듯 잠자던 습褶 하나가
잠에서 깨어 앞에 서려는지
가렵다.

긁는다.
피가 나도록 긁는다.

노골암 가는 길

세상 염치없기로 피도 눈물도 없기로
체면이라곤 벼룩 낯짝만큼도 없는 족속들 대환영이라는
노골암露骨庵 가는 길
나 철면피 중 철면피라 자신만만
거기 더 두껍고 닳지도 않는 얼굴 공짜로
나눠준다 하여
오르고 올라 보니

아뿔싸 수없이 드나들던
내 밤낮 들락거리는 절간
불상 자리엔 큰 거울 하나 그리고 칫솔 수건
내 발가벗고 씻고 똥 누는 내 집 정낭간
아무도 보는 이 없으니 나 그 안에서
마귀로 둔갑하는 그곳

프랭크 시나트라

스치는 것들이 잊힐까
스치는 것들을 잊을까
온몸으로 받아 적은 초고들을 조심조심
창가에 걸어두고 망원경을 들고나오는 프랭크
그 초고를 망원경으로 읽고 또 읽고
글은 쓰는 것이 아니라 받아 적는 것이라
제대로 받아 적었는지
자리를 바꾸어 가며
앉았다 일어났다 몇 날 며칠
스친 말들 바르게 받아 적었는지
망원경으로 읽고 또 읽은 프랭크

빅토리아

빅토리아가 죽기 이틀 전
자신의 죽음을 하루 전에 알리라 명을 내린다.
내일 죽는 빅토리아는 오늘 자신의 장례식을 참례한다.
십 마일에 이르는 애도의 물결을 관 속에 누워
바라보는 빅토리아
그렇게 보고 싶었던 자신의 마지막을 보며
되돌아 궁으로 돌아오는 길
손을 흔들어 주고 싶어 관을 열려 했으나
젖은 꽃송이와 손수건들로 관뚜껑이 꼼짝 않아
궁으로 돌아오는 길에 그만
자신이 떠나고 싶어 한 그 하루 전날 영면에 들었다.

프로이드와 김선달

봉이 김선달은 대동강 물로 팔자를 고쳤다.
프로이드는 꿈을 팔아 팔자를 고쳤다.
물이나 꿈이나
어디든 언제든 있지만
물을 꿈을 팔아먹은
최초의 사람 둘
꿈을 팔아
물을 팔아
팔자 고친 두 사람

어디 계신가 다윈

뒤가 앞을 따라가야 하는지
앞이 뒤를 따라가야 하는지
왜 어떤 뒤는 앞을 따라가지 않는지
왜 어떤 앞은 뒤를 따라가지 않는지

돌연 옆으로 가는 건 무엇인지
돌홀 사라지는 건 무언지
꼼짝 않고 제자리에 있는 건 또 무엇인지
답을 찾아 나선 다윈이 돌아오지 않아

앞이 앞을 앞지르고
뒤가 뒤로 꽁무니 빼고
세상은 앞 뒤 옆 제자리 별안간이 마구
뒤섞이고 있습니다.

채플린

이야기를 눈으로 볼 수 있도록 사람들을 극장에
불러 모은 채플린은
그 기쁨이 너무 커 광대 되어 춤을 추었다.
말없이 온통 자신의 기쁨을 춤추었다.
말을 없애니 사람이 모인다는 사실이 신기하기만 했다.
더 많은 사람들이 오게 할 수 있을까
채플린은 말과 함께 얼굴도 없앴다.
얼굴을 지우니 더 많은 사람들이 모였다.
더 많이 춤을 보러 모였다.

제럴드 무어

제럴드는 자신의 반주가 너무 커
노랫소리가 반주에 묻힐까 걸 걱정이 많았다.
노래의 뒤도 얼마나 행복한 곳인지
음반에도 이름 올리기를 사양하면서
노래의 뒤가 되어 살다가 은퇴하면서
노래들에 고맙고 미안하다며
'내 소리가 너무 컸나요'라는 책을 냈다.

리허설이라는 사람

리허설李虛說이라는 사람
모든 가설을 무대에 올리는 사람
사자의 긴 코 코끼리의 발톱을 가진
리허설이라는 사람
세상 모든 예측들이 우리가 모르는 사이 한번은
무대에 올려진다는데
어떤 사람은 그걸 전생 혹 운명이라고도 하는데
나 지금 리허설이라는 사람이 올린
그 무대 위에서 춤추는 망석중이 아닐지

체온에 대하여

바다에는 바닷물 온도가 일정한 수심이 있다.
그 수온약층은 고요하고 맑다.
위아래 물들이 자리를 바꾸려면 여기를 지나야 하는데
여기를 지나기 위해서는 자신도 고요하고 맑아져야
한다.

두루 사람의 체온이 같은 것도 큰 까닭이 있을 터
둘이 하나 되어도 더러 하나가 둘이 되더라도
광장에 뜨겁게 모여도 골목을 홀로 걸어도
변함없이 따스한 각각의 체온으로
세상 이만하지 않은가

바다의 그 수역을 뭇 생명들이 믿고 따르듯
지구에도 바다와 하늘 사이 변함없이 따스한
가끔은 바다도 하늘도 어디 의지하고 싶을 때 없겠는가
바다도 하늘도 의지하고 싶은 여기
36.5라는 곳

4부

실패한 반찬들

그 어즙語汁

그의 말은 달콤하다.
많고 많은 말을 먹고 살지만
입에서 나온 말이 어떻게 저리 달까
오래오래 그를 보다 알게 되었는데
말을 참고 참으며 가라앉히더니 다시 그 말들을
가슴으로 압착하고 마지막에 입술로 꼭꼭 다지고 다져
아주 극소량의 말 즙을 짜내는 걸 보았다.
허름하기 짝이 없는 그의 입을 나오는 말이
어떻게 다디단 꿀이 되는지
말이 꿀이 되는지

어죽語粥 한 그릇

　문안을 오면서 꽃다발도 박카스도 한 병 들고 오지
않는 그
　그러나 그가 왔다 가면 어머니가 일어나 복도를 걷기도
하신다.
　그가 가족 몰래 뭘 먹였는지 아무도 모르지만 꼼짝
못 하던 어머니가 화장실에도 가신다. 참 신기한 일인데
그는 누워 계신 어머니 두 손을 잡고는 나지막한 목소리로
무어라 이야기하는 걸 보았다. 그는 그의 말에 무엇을
탔을까 무엇을 타 어머니 입에 넣었을까 가족들은
궁금하기만 하다. 그가 떠먹인 어죽 한 그릇

우리가 모르는 까닭 하나에 대하여

단거리 달리기 선수가
육상경기를 포기하는 까닭은
이겨낼 수 없는 훈련 때문이 아니다.

'제자리'에 무릎 꿇고
'차렷'에서 '땅' 출발까지
0.3초쯤의
그 견딜 수 없는 공포 때문이라 한다.
0.3초쯤의
극한의 기다림 속에
출발선에 꿇어앉힌 생애 하나가
섬뜩하기 때문이라 한다.

간발의 차이로 수포
아, 움찔 흔들렸다가는 부정 출발

그 눈 깜짝할 새
물거품 혹은 바람이 될지 모를
단말마에
무릎 꿇어앉힌 자신이
두렵고도 두렵다는 것이다.

파넨카 킥

정중앙 한복판의 골키퍼
구석과 좌우를
빈틈을 막아내는 연습을 쉼 없이 해왔다.
필사의 각오로 그 어떤 기습도 허용치 않게 되자
드디어 신의 손이 되자
신이 되자
아 정중앙으로
한가운데를 헤집고 들어오는 관중들
저기 저 정중앙의 신을 벼랑으로 몰고 몰아
천 길 낭떠러지로 떨어뜨려 달라는 관중들의 열화에
좌우도 구석도 아닌 정중앙에서 터지는 골인

골이 터지자 우르르
정중앙으로 걸어 나오는 관중들

이야기 125g

레이 맨시니의 주먹에 득구는 경기 중 사망했다.

득구의 어머니는 3개월 뒤 아들의 뒤를 따랐고

경기의 심판이었던 리처드 그린도 죄책감으로 득구의
뒤를 따랐다.

라스베이거스 특설 링에 오르기 전날 밤

득구는 125g, 라면 한 봉 무게만큼을 몸에서 빼내지
않으면

실격패다.

호텔 방에 갇힌 득구는 자정이 넘도록 125g을 빼내기
위하여 땀 흘렸다.

새벽 네 시쯤에야 저울 눈금을 맞춘 득구는 타오르는
갈증에 물을 찾았다.

아, 딱 한 모금만

그러나 모든 수도꼭지는 잠겼고 냉장고도 꽃병도 텅
비었다.

아, 딱 한 모금만

화장실 변기에 머리를 박고 물을 마시려는 찰라 물속에
비친 어머니의 얼굴을 보고는 링에 올랐다.

그리고 맨시니의 '붐붐' 회오리에 맞아 쓰러졌다.

득구의 장례식에서 넋을 놓고 울다간 레이 맨시니는
우울증에 빠졌고 몇 번의 자살을 시도하였다.

무엇을 위해 무엇을 빼낸다는 것이 얼마나 무모한
일인지

제자리에 있으려는 것을 강제로 내몬다는 것은 얼마나
위험한 일인지

빠져나온 125g은

출구가 아닌 곳으로 나와야 했던 라면 한 봉은

61.23*kg*의 우주였다.

번트라는 사람

누구를 위하여 나 죽으려나
긴 방망이 짧게 잡고
엉덩이 뒤로 빼고 꾸부정
잔뜩 겁먹은 폼으로
무엇을 위해 죽어야 하나

진루
사람 하나를 앞으로 내보내기 위해
간택된

이대로 죽을 수는 없다는
간절한 엉덩이 뒤로 빼고
날아오는 사약을 받아 마시는

밖

아버지는 늘 밖에 있었다.

그 밖도 아버지를 위해 무던히 애를 쓰고 있었음을
안다.

밖은 봄여름겨울가을 아버지 편에 서 있었다.

어느 안쪽에서 밀려난 아버지를 한참 세워둔 곳도
밖이고

어느 안쪽에서 부르는 기별들을 전해준 것도 밖이었다.

그러던 밖이

밖 너머 먼 밖으로 아버지를 데려가면서

하는 말을 들었다.

그간 애쓰셨네

호상일세

잠의 계획

창문 닫고 커튼 내리고
요 깔고 베개 놓고
불 끄기 전 마지막으로
어디든 한번 둘러보아도
무엇이든 하나 떠올려 보아도 좋지만
이쯤에서 그만
어둠 정중앙에 반듯이 눕혀
이불 끌어와 덮는
잠의 계획은

우연의 소금

산 오르다 나무 그늘에 잠깐 앉는다.
목덜미가 간질거린다.
흐르는 땀을 핥는 나비
땀 두어 방울로 날갯짓 더 힘찰 것인가
어쩌다 맛본 소금 찾으러 온 산 헤매는 건 아닐까
이 산 저 산 헤매는 나처럼
이 땀 닦아야 하나
이 목덜미 여기 내려놔야 하나

곤

무엇이 되고 싶은 게 사람뿐일까
어디 사람뿐일까
곤은 곳이 되고파 아주 오래전부터 곤 곤
곳은 자리를 잡고 곳곳에서 떵떵거리며 살기에
곳이 되고 싶은 곤
곤 곳이 될 것 같은 간절한
곤 곳이 된다면
꽃 피는 곳이 되는 건
그리고는 꽃이 되는 것도
식은 죽 먹기일 것 같은

나무와 바다

바다를 함부로 걸어 들어갈 수 없는 성역으로
설계한 신은 큰 실수를 저질렀다.
나무들이 제 잎을 바다에 몇 번 띄워보고는
성큼성큼 물에 들어가더니
자유롭게 떠다니기까지 하는 것이 아닌가
더더욱 마른 나뭇가지의 춤사위는
신들린 춤사위는

나무들이 금단의 성역으로 들어가려
오직 제자리 그렇게 오래오래 서서
버리고 또 버려 저렇게 가벼워질 것을
예측하지 못한
실수를 범한 것이다.

선생님

그는 말이 없는 사람이다.

수업에 꼭 필요한 말들도 손짓 몸짓으로 충분했다.

그러나 자율이라는 말에 기대어 아이들을 자습시킨
적은 한 번도 없었다.

교직원들에게도 그는 말수 적은 사람일 뿐이었다.

그가 가장 어려워하는 일은 칭찬인데

두 눈 마주치며 온몸으로 자아올리는 그 신비한 웃음은
믿음과 지지로 넘친다는 것을 아이들은 안다.

그 반 아이들은 그가 말을 못 하는 사람이라는 걸
안다.

교직에 들어와 언제 어떤 연유로 말을 잃어버리게
되었는지는 모르지만

아이들 중 누구도 선생님의 실어를 문제 삼지 않았다.

장학지도가 왔다. 장학사와 학부모들 교장 교감이
수업을 참관한다.

반장과 학습부장이 설두하여 시범 수업을 했다. 반
아이들이 마치 여러 번 연습을 마친 공개 수업극 한 편을
개봉하는 것처럼 발표하고 토론했다. 아이들의 모습에
선생님은 눈시울 뜨거웠다.

학부모들은 자기 아이가 또랑또랑 발표하는 모습에
대견해하고 장학사들은 교사의 간섭이 일체 배제된
학생주도적 수업에 박수를 보냈다.

　　모두 돌아간 종례시간
　　선생님은 칠판에 '고맙다 이제 그만해야겠구나. 그동안
참 고마웠다'라고 썼다.
　　아이들이 울기 시작했다. 행여 울음소리가 밖으로
나가면 안 되기에 반 아들 모두 소리 없이 울며 고갯짓
눈짓 손짓으로 선생님에게 간청했다.
　　'고맙습니다. 선생님은 말씀보다 더 큰 것을
가르쳐주십니다. 우리 졸업할 때까지 함께해 주세요'
　　짧지 않은 종례를 마치자 아이들은 아무 일 없었던
것처럼 활짝 문을 열고 청소를 시작한다. 교무실까지
들리도록 시끄러운 소리들이 선생님의 귀에는 꿀벌들의
노랫소리로 들렸다. 선생님도 아이들과 장난치며 꽃밭
청소를 한다.

조금 더 깊은 동거

세상에는 밀고 당겨 넓히고 좁힐 수 있는 감옥이 있다.
숨을 쉴 수도 있고 외출도 면회도 자유로운 감옥 있다.
그럴 수 있다면 그건 감옥이 아니라고 할 수 있지만
들어가 보면 분명 감옥이다.

일 년 후배

사는 게 무어라고 처음
사는 게 무어라고 내게 처음
그게 대단한 비밀이었는지 올바로 알려주지 않으려는
속셈이었는지
뭐라고 분명 중얼거렸습니다.
나는 그때 그 말에 고개를 끄덕였습니다.
그런데 지금까지 그 말이 기억나지 않습니다만
하여튼 사는 게 뭐라고 최초 그 위험한 말을
애써 가르쳐 주려 했던 사람은 일 년 후배였습니다.
나보다 어린 게 뭘 아냐고 면박을 주고 싶었으나
그 후배의 눈이 너무 깊어 아무 말 못 했습니다.
후배에게 다시 묻고 싶습니다.
사는 게 무엇인지요

일 년 선배

여자가 뭔지 아나
먹을거리 놀거리에만 빠져있던 내게 던져진 질문은
너무 철학적이어서 여자가 뭐지
여자를 보기 위해 여름철 다리 밑을 포복하기도
네 잎 클로버 찾는 법, 껌 씹는 법, 종이학 접는 법을
배우고
맨 꼭대기에 To 아무개
말미에는 ※ 당구장 표시를 하고 추신을 꼭 써야
한다는
연애편지 쓰는 법도 가르쳐 주던
심부름 가는 척 여학교를 배회하기도
악필이라며 자신의 편지를 부르는 대로 받아 적게 해
단발머리에게 전해주라는 심부름도
하늘 쳐다보며 손수건으로 별을 닦아 반짝이게 하던
그 일 년 선배
지금도 여자가 뭔지 알 수 없지만
그 일 년 선배는 지금 어디 계신지요

가끔 스릴을 먹는다

몽골 야생마들이 소금을 먹듯
나 가끔 스릴을 먹는다.

술도 밥도 아닌
그리움도 기꺼움도 아닌 스릴을

아질아질 벼랑을
어질어질 만취 대로를
공포라기엔 좀 그런
두려움 같기도 참을 수 없는 간지러움 같기도 한
그것을
시베리아 야크들이 소금 먹듯
나 가끔 그 스릴을 먹는다.

내가 탈 날까 혹 죽기라도 할까 당신
간질간질 애간장 끓는
숨이 턱턱 막히는 그 스릴을
내게 먹이는 당신

여보시오 무한 리필 씨

여보시오 리필 무한 리필 씨
잘 구운 시간 한 근과
잘 볶은 바야흐로 한 접시 리필 부탁하오

미끄럼틀

어떻게 저 틀을 생각해 냈을까
미끄러지라니
미끄러져 보라니
고사리손으로 저길 미끄러져 보라니
무엇을 가르치려는 은유일까
무엇을 배우라는 수사일까

실패한 반찬들을

사실 난
정말 가족들에게 난 실패한 식사를 권했다.
최선을 다했으나
하루 세끼의 식사는 어디 여간한 일인가
때때마다 싹과 잎과 대궁과 날개와 지느러미들의
아우성을 어떡해야 한단 말인가
배추 무 두부 갈치 달걀 어묵들의 외침은
뿐인가
접시 냄비 프라이팬 국자들은 또 어떻게 써야 하고
뿐인가
들기름 마늘 고춧가루는 또 언제 투하해야 하는가
뿐인가
좀 더 익겠다고 익어야 한다고 버티는
콩나물과 고등어는 또 어쩌란 말인가

나는 불과 칼로 이들을 몰아
소금 설탕으로 콱 숨을 죽여 밥상에 올릴 뿐인데

꽃이 환한 건

꽃이 환한 건
벼랑에 섰기 때문이다.

든든한 뿌리 옆이 아니라
줄기 기둥 부여잡지 않고
잎새 한가운데서 으스대지 않고
가지의 맨 끝으로
달가이 달렸기 때문이다.

두루 탐내는 자리 마다하고
천 길 낭떠러지로 갔기 때문이다.

하늘인들 지켜만 보시는가
꽃 진 자리에 매다는 휘장 하나 둘
백척간두
거기 꽃자리

거기서 한동안 아팠다는
많이 아팠다는 표지를
둥글고 달콤하게 매달아 주는 것이다.

쏟아붓는 사람 있었다

아까운 막걸리가 쏟아진 날
온 동네가 비틀거렸다.
아까운 참기름이 쏟아진 날
온 동네가 미끌미끌 넘어지고 넘어졌다.
막걸리를 참기름을 쏟아붓는 사람 있었다.
막걸리 쏟아져 비틀비틀 춤추도록
참기름 쏟아져 미끌미끌 춤추도록
온 동네 노래하고 춤추도록
깔깔 껄껄 호호 하하
아까운 막걸리를 참기름을 쏟아붓는 사람 있었다.

숨어있어 빛나는 사람들

연주자들은 노래하는 사람의 등을 보며 연주한다.
얼마나 열창하는지 목덜미부터 흘러내리는 땀이 등을
적시며
무대에 방울방울 떨어지는 걸 보면서
그 떨어지는 땀방울까지 방울방울 흔들어 준다.
가수는 신들린 듯 노래하다
왜 이렇게 노래가 잘 되는지 뒤를 돌아보고 싶어 하는데
절정의 뒤는 돌아보기는 쉬운 일이 아니어서
자신의 뒤에 뮤즈들 와 있다는 환상에 더 열심히
노래한다.
콘서트라는 말은 서로 도와준다는 말이기도 하다.

박대성의 시집
해설

– 시인 류남수

박대성의 시집 해설

시인 류남수

박대성 시인은 2001년 강원일보 신춘문예로 등단하여 물경 2018년에 와서야 첫 시집『아버지 액자는 따스한가요』(황금알)을 출간했다.

이후 2021년 두 번째 시집『파도 뿗는 아바이』(서정시학)을, 이어 2022년 세 번째 시집『아사달로 가는 갯배』(사과나무)를 출간한다.

첫 시집부터 이번 네 번째 시집까지를 관통하는 박대성의 코나투스는 단연 '사랑'이다.

세상 벽들이 기대어 와 풀어 놓는 이야기에
단 한 번 등 돌리지 않고
들어주는
두 팔 닿지 않는 곳에 내려앉는 이야기들
벽을 불러 긁는

-「등」 전문

시를 쉽게 불러낸다. 흔하디흔한 소재들로부터 시를 찾아내는 능력이 탁월한 시인이다. '등'과 '벽'이 얼마나 흔하고 통속적인 소재인가. 그런데 박대성은 그 흔한 통속들로부터 시를 길어 올리는 것이다. 이 시에서는 벽이 가진 가로막힘이나 좌절, 갇힘이나 구속의 부정성을 말하는 것이 아니다. 등을 통해 벽도 하나의 존재체로 보는 시각이 따스하게 느껴지는 시다.

　　　반짝이는 손톱 하나로
　　　절정의 남자를 찌르며
　　　세상 주무른
　　　양귀비 클레오파트라도 있지만

　　　땡볕에 앉은 어머니는
　　　갈퀴 손톱으로
　　　흙의 절정을 긁어주며
　　　둥근 감자알을 토해내게 하셨다.

　　-「손톱 하나로」 전문

　재밌게 이야기를 이끄는 힘도 뛰어나다. '손톱'에 관한 여러 시편 중에서 뛰어난 작품이 아닐 수 없다. 손톱과 어머니 그리고 감자와 흙으로의 의미 전개 방식은 내포를 외연으로 확장해 나가는 기법을 통해 '손톱'에서 '어머니'를

완성해 낸다. 손톱 하나로부터 세상사와 자연사를 관통하는 이야기를 풀어낸다.

거기 얼마나
얼마나 거기 뜨거우면
지체없이 몸을 빼는

거기 얼마나 따가우면
몸을 넣는 순간 돌아 나오는
한 자루 삽

삽시간 거길 빠져나오면서도
단 한 번
빈손으로 나오지 않는
한 자루
아버지

-「삽」 전문

박대성의 첫 시집 『아버지 액자는 따스한가요』(황금알)는 시집 전체가 '아버지'라는 주제를 다루고 있다. 「삽」은 아버지를 통해 세상의 아픔과 사랑을 병치해 나가며 세상의 아버지들에게 위로와 응원을 보내고 있는 시다. 시의 여러 기능 중 소통, 공감만큼 중요한 덕목이 있을까. 「삽」을 통해 세상의 아버지들과 공감하며 힘을 내자고 한다.

사소한 일상에서 보편적 깨달음을 이끌어내는 흥취가 있다. 시인은 시집 전편을 통해 삶의 긍정과 사랑은 사람에 대한 따스한 감정에서 비롯된 것임을, 유의미한 주변과 자신에 대한 성찰을 통한 따뜻하고 진지한 목소리를 풀어 놓고 있다.

타인이란 고통을 느껴야 할 사람이라는 뜻이다.
나 결코 느껴서는 안 될 고통을
나 대신
순교자처럼 활활 유황불에 타버려야 할
사람이라는 뜻이다.

－「타인이라는 말」 전문

「타인이라는 말」은 시가 시를 말하게 하고 시인은 두꺼운 은막 뒤로 숨어버리는 짧지만 선명한 이미지의 시다. 그리고 이 시는 반어법을 쓰고 있다. 아이러니 기법은 시의 의미를 더욱더 명징하게 해준다.

박대성의 시는 주제를 피력하기보다 주제를 에돌려 그 자리에 이미지를 강하게 밀어 넣는다. 정서나 리듬과 함께 이미지야말로 주제를 대체할 수 있는 메타포를 구사하는 것이다.

박대성의 시는 문장과 문장 사이에 생략된 이야기들이

깊고 넓게 펼쳐져 있다. 느닷없이 난데없이 툭툭 뱉어낸 문장들 사이를 연결하는 환유적 상상력, 서사적 상상력이야말로 박대성 시의 특징인 것이다.

말하기보다 그저 보여주기만 할 따름이다. 떠오르는 생각들을 어휘의 바늘과 끈으로 연결하여 주제를 찾아볼 것을 요구한다.

박대성은 독자에게 할 말이 있는 것이 아니라 독자에게 전하고 싶은 마음의 정서, 바로 사랑의 글을 쓰고 있다. 박대성의 천분天分이다.

　　　　삶의 ㄽ 밝의 ㄹㄱ 옳의 ㄹㅎ처럼
　　　　홀로는 불감당의 무게 아래 세운 두 사람
　　　　넜 앉 잖 늙 젊 밟 곬 훑 읋 앓 값
　　　　ㄳ ㄵ ㄶ ㄻ ㄻ ㄿ ㄽ ㄾ ㄿ ㅀ ㅄ
　　　　홀로 너무 뜨거울까
　　　　홀로 너무 차가울까 두 손 맞잡고 버티게
　　　　그분께서는 어떻게 아셨을까
　　　　세상 무너지지 않도록 거기 그 아래
　　　　꼭 껴안은 두 사람 세워야 한다는 것을

　　　-「사랑하는 겹받침들」 부분

언어의 자유 자재로운 활용이 눈부신 시다. 박대성 시인은 언어를 다루는 힘이 좋다.

언어의 바다에서 출렁이는 시어들을 힘찬 어깨와 두 팔로 그물을 던져 시를 길어 올리는 능력이 탁월하다.

또한 한자 공부에 붙인 재미로 한자의 자유로운 활용, 시의적절한 어휘의 사용은 박대성 시인의 강점이다. 박대성 시인은 교직에 있을 때 학생들이 한자능력검정 시험에 응시할 수 있도록 직접 지도해 왔다. 가르치며 배우는 자세로 익힌 한자 활용 능력은 박대성 글쓰기의 짭조름한 밑간이 되고 있다.

> 특特은 소와 절로 이루어진 글자다.
> 우牛와 사寺
> 절 마당에 소를 끌어 매었다고 특이 아니다.
> 절에서 소를 잡았기 때문에 특이다.
> 공부에 미친 중들이 소를 잡아먹었기에 특이다.
>
> -「특特이라는 글자」 부분

특特이라는 글자는 재밌는 글자이다. 글자 속에 숨은 뜻을 풀어내는 재미가 쏠쏠하다. 한자어는 우리말의 칠 할을 차지할 만큼 사용 빈도가 높은 글자들이다. 「기독교棄獨橋 아래서」, 「민民이라는 글자」, 「노골암露骨庵 가는 길」에서 보여주듯 한자 공부를 통해 얻는 어휘력으로 자유자재 글쓰기가 눈에 띈다.

스포츠에 관한 시편들이 돋보인다. 이어 소개할 시편들은 추체험追體驗들을 소재로 썼다. 다른 사람의 체험들을 자기 체험으로 승화시킨 아름답고 감동적인 시편들이다.

아 정중앙으로
한가운데를 헤집고 들어오는 관중들
저기 저 정중앙의 신을 벼랑으로 몰고 몰아
천 길 낭떠러지로 떨어뜨려 달라는
관중들의 열화에
좌우도 구석도 아닌 정중앙에서 터지는 골인

골이 터지자 우르르
정중앙으로 걸어 나오는 관중들

－「파넨카 킥」부분

파넨카 킥은 체코의 축구 선수 안토닌 파넨카가 최초 시도한 페널티 킥이다. 많은 골키퍼가 공이 어느 방향으로 가는지 기다리지 않고 예상하여 골문의 양쪽으로 다이빙한다는 사실을 역이용하는 기술이다. 문학과 스포츠는 무엇을 같이하고 무엇을 달리하는가.

단거리 달리기 선수가
육상경기를 포기하는 까닭은
이겨낼 수 없는 훈련 때문이 아니다.

'제자리'에 무릎 꿇고
'차렷'에서 '땅' 출발까지
0.3초쯤의
그 견딜 수 없는 공포 때문이라 한다.
0.3초쯤의
(…)
그 눈 깜짝할 새
물거품 혹은 바람이 될지 모를
단말마에
무릎 꿇어앉힌 자신이
두렵고도 두렵다는 것이다.

-「우리가 모르는 까닭 하나에 대하여」 부분

　　100m 출발선에 선 육상 선수의 간절함, 절체절명의 순간을 표현했다. 우리는 결승 테이프를 통과하는 선수들에게 박수를 보내지만 결승선에 닿지 못하고 낙오하는 선수들이 또한 얼마나 많은가. 박대성은 교직에 있을 때 육상, 수영, 축구 등을 지도한 경험이 있다. 박대성의 체육 지도 경험, 선수 지도 경험일 테다. 색다른 경험들을 창작으로 꽃피워 낸 것은 박대성이 천상 시인일 수밖에 없음의 증거들이다.

득구는 125g, 라면 한 봉 무게만큼을 몸에서

빼내지 않으면

실격패다.

(…)

아, 딱 한 모금만

(…)

무엇을 위해 무엇을 빼낸다는 것이 얼마나

무모한 일인지

제자리에 있으려는 것을 강제로 내몬다는 것은

얼마나 위험한 일인지

빠져나온 125g은

출구가 아닌 곳으로 나와야 했던 라면 한 봉은

61.23kg의 우주였다.

-「이야기 125g」 부분

스포츠 경기 중 체급별 선수는 혹독한 자기 관리를 요구한다. 아무리 기량이 뛰어나도 체중을 맞추지 못하면 경기에 임할 수 없다. 김득구라는 비운의 복서도 체중 조절에 실패해 결국 사망에 이르게 된다. 스포츠계엔 숨은 이야기들이 많다. 어디 스포츠계뿐이랴. 세상사에는 숨겨진 이야기들로 세상이 돌아가는 것이 아닌가. 숨겨진 뒷이야기를 창작으로 꽃피워 올려 세상 바라보기, 눅눅하고 외진 도린곁을 맴돌며 거기서 나오는 차갑지만 보드라운 이야기, 젖었지만 따스한 이야기들에 시선을 멈추어 보자 한다.

누구를 위하여 나 죽으려나
긴 방망이 짧게 잡고
엉덩이 뒤로 빼고 꾸부정
잔뜩 겁먹은 폼으로
무엇을 위해 죽어야 하나

진루
사람 하나를 앞으로 내보내기 위해
간택된

이대로 죽을 수는 없다는
간절한 엉덩이 뒤로 빼고
날아오는 사약을 받아 마시는

-「번트라는 사람」 전문

　야구의 여러 기술 중 번트는 희생을 전제로 한다. 득점을 위해 앞서 나간 동료를 한 루 더 진루시키는 일이다. 우리는 홈으로 돌아오면서 득점을 올리는 선수에게 열광한다. 하지만 박대성은 희생 번트를 대는 선수에 주목한다. "날아오는 사약을 받아 마시는" 우리 사는 세상에는 이렇듯 보이지 않는 희생들이 얼마나 많은가.
　우리는 스포츠를 각본 없는 드라마라고 한다. 아무도 예상치 못한 경기 과정과 결과는 드라마와 같은 순간을 연출한다.

우리가 문학에서 기대하는 바도 어쩌면 스포츠에 참여하고 관람하여 얻고자 하는 바와 크게 다르지 않을 것이다. 우리는 저마다 좋아하는 작가가 있고 좋아하면서 그들의 작품에서 기대하는 무언가가 있을 테다. 스포츠와 마찬가지로 문학에서도 극적인 순간은 뜻하지 않은 순간에 찾아오기도 한다. 극적인 순간은 '파넨카 킥'같이 '번트'같이 관중들을 열광의 도가니에 빠지게 한다.

좌우를 빈틈 없이 막으려는 골키퍼와 빈틈을 파고들려는 키커 중 누가 더 긴장하게 되는 걸까. 김득구의 「이야기 125g」과 「우리가 모르는 까닭 하나에 대하여」는 스포츠 세계에 숨겨진 극적인 이야기들이다.

스포츠와 문학에 동참하고 감상하는 눈이 일맥상통한 면이 있다면 문학과 스포츠는 어떤 유사성과 차이를 가지고 있는지 생각해 보지 않을 수 없다.

감출 수 없는 세 가지
재채기 방귀 선물
아니다
기침 가난 비밀이다.
아니다
기침 가난 사랑이다.
아니다
사랑 사랑 사랑이다.

-「감출 수 없는 세 가지」 전문

흔한 이야기들이다. 그러나 그 흔한 것들에는 시가 숨어 있다. 흔한 것들로부터 시적 사유의 궤적을 담아내는 박대성의 시편들에는 진솔하고 엄정한 지성에서 비롯되는 힘이 있다. 이 지성을 바탕으로 현실의 이면을 꿰뚫어 가는 통찰력과 시적 형상화 능력이 뛰어난 시인이다.

늙으신 아버지가 늙으신 어머니 등을 긁어준다.
늙으신 어머니가 늙으신 아버지의 낯을 씻겨준다.
등과 낯에 피어오른 저승 좌표들
다시 없을 마지막 밤
서로에게 수의를 입히는
묵묵한 염습
서로 몸을 닦아주며
가슴 떨며 내밀던 첫손을
아, 첫 입술을 닦아 넣으며
순장
서로의 분신이었음에
두 손 꼭 잡고 걸어 나가는 소풍
제상도 위패도 없이
사랑하였기에 어디든 둘이면 되는
저만치 가 있을
나란히 걸어가는 두 사람의
부음

-「눈부신 것은 눈으로 보는 것이 아니어서」 전문

「감출 수 없는 세 가지」, 「눈부신 것은 눈으로 보는 것이 아니어서」, 「쏟아붓는 사람 있었다」, 「그들은 사랑에 대해 말하려 했을 것이다」 등을 통해 박대성 시인이 이야기하고자 하는 것은 바로 '사랑'이다. 사랑은 세상의 가장 성스러운 덕목이기에 모두들 가까이 있지만 사랑에 허덕이는 사람, 사랑을 갈구하는 사람들이 존재한다. 그들에게 사소한 사랑부터 보여주는 것이다. 이런 사소한 사랑들과 더불어 함께 조금 더 정취롭게 살아가자는 박대성의 권언이다.

살아가다 보면 마음을 울리는 순간들이 온다. 스치는 말과 행동, 어떤 장소, 어떤 냄새, 느낌, 풍경, 숨겨져 있는 것 같지만 오롯하게 고개를 치켜든 감정들이 마음을 흔들 때가 있다. 그 다가오는 흔들림을 시인은 예명叡明하게 포착하여 언어의 그물로 건져 올린다.

매달린 것들
시계 전등같이
수건 액자같이 매달린 것들을 보면
못 하나에 의지한 것들을 보면
나 당신께 매달려
당신께 매달린 걸 보면
기어이 당신을 못대궁 하나로 벽에 박아
기어코 거기 매달린 나를 보면
오도 가도 못하는 못대궁으로 박아 넣은
망치의 시간들이

망치의 시간들을

-「망치의 시간들」 전문

어떤 장면을 칼로 자르듯이 독자 앞에 제시하고 시인은 작품 뒤로 숨는 묘사의 기법을 구사하고 있다. 시간과 공간에 결코 감추어져 있지 않은 이야기, 시공에 켜켜 떠돌고 있는 이야기들을 붙잡아 낸다. 붙잡아서 독자들 앞에 불쑥 내밀어 제시하며 사랑의 눈으로 같이 함께 바라보자 한다.

'집'과 '빚'에서 'ㅂ'과 'ㅈ'을 맞바꾸면
똑같은 말인데
우리 사는 집은 결국 빚이라는 말인데
빚은 꼭 갚아야 하기에
집은 매일 들락거려야 하기에
갚아야 할 빚같이 들락거려야 하기에
집에서 지내는 일 빚 같은 일
태어났음으로 집
태어났음으로 빚
빚과 집

-「집과 빚」 전문

하이데거에 따르면 인간존재는 피투성geworfenheit으로 존재한다고 한다. 모든 존재는 스스로 선택한 삶이 아닌 이 세상에 불쑥 내던져진 존재라는 것이다. 「망치의 시간들」, 「집과 빛」, 「극장」 등의 시에서 인간존재의 피투성을 역설하고 있다.

시 쓰기는 불쑥불쑥 내던져진 존재들의 삶이 보다 인간다운 모습으로 살아갈 수 있게 해주는 보편적 감동과 아름다움을 찾아내는 작업이다. 이 일이야말로 시의 진정한 가치를 실현하는 일이다.

문학은 언제나 주어진 경계 저편, 여기 현실 저 너머에 존재한다는 또 다른 곳으로 나아가려 한다. 박대성은 저 너머로 같이 가보자고 손을 내민다.

박대성의 시는 따뜻하다. 본질적이면서 소박한 시를 쓰는 시인이다. 개성 넘치며 구체적인 언어의 자유로운 활용은 매력적이다. 박대성의 시는 힘이 넘친다. 세상을 구원해 가려는 힘이 있다. 한국시를 이끌어 갈 천분을 타고 난 시인이다.

박대성이 뿌리는 시의 씨앗들로 세상이 조금 더 따스하고 아늑해지면 좋겠다.

앞만 바라보아도 뒤도 옆도 겉도 속도
지난날도 앞날도 다 볼 수 있는 여기서
나란히 앉은 당신만은 알 수 없습니다.

-「극장」 전문

눈부신 것은
눈으로 보는 것이 아니어서

박대성 지음

발행처   도서출판 청어
발행인   이영철
영업   이동호
홍보   천성래
기획   남기환
편집   이설빈
디자인   이수빈 | 김영은
제작이사   공병한
인쇄   두리터

등록   1999년 5월 3일
           (제321-3210000251001999000063호)

1판 1쇄 발행 2024년 4월 30일

주소   서울특별시 서초구 남부순환로 364길 8-15 동일빌딩 2층
대표전화   02-586-0477
팩시밀리   0303-0942-0478
홈페이지   www.chungeobook.com
E-mail   ppi20@hanmail.net

ISBN   979-11-6855-244-9(03810)

이 책은 강원문화재단의 지원을 받아 출간되었습니다.